句集　風光る

森景ともね

文芸社

陽炎

春風は君に着せたい服の色

バス・バリトン・テノール・アルト恋の猫

春風にときをり舵をまかせをり

陽炎をはさみて牛と闘牛士

紅一輪白二輪梅咲きはじむ

お身拭ひ耳にきし時願ひ事

老猫のけだるく歩む花曇り

登山杖白糸草を指してをり

断りもなくどくだみの庭づたひ

時計草十二時を指し友きたる

射干玉の闇に射干匂ひけり

黒猫のふいに横切る木下闇

毎日を水に流して夏終わる

山姥のたぐり寄せたる零余子蔓

豊年や電車のなかを子等走り

菊の酒無口な肝臓話しだす

北風にはや酒入りし露天商

退屈を飼ひならす犬枯芝生

やや動き枯蟷螂の捕まりぬ

朝既に雪掻いてあり辻地蔵

夜回りの少年の声透き通る

シベリアン・ハスキー犬の余寒顔

頼光の紫電一閃春嵐

会議して決めたる如し帰る鶴

蝶の昼浮世絵に影無かりけり

竹林を吹き抜ける風西行忌

花冷えや退院予定また延びし

万倍になる日数へて種を蒔く

紫陽花の心変はりや昨日より

轆轤ひく木地師に汗を拭く間なし

夕立の降れる間の用事かな

沙羅の花夕べを待たず落ちるあり

榧の実の匂へる方へ道をとる

新涼の午後のまどろみ深かりし

端居して新家の柱きしむ音

黄落や一人駅長深き礼

石蕗の花黄色の絵の具使ひすぎ

砂時計三分秋の暮れにけり

大徳寺閉めずの門や落葉舞ふ

神馬舎の白馬の澄みし目に紅葉

家族らの寝静まりたり蕪漬かる

石庭の散紅葉掃く沙弥の声

酒呑童子の里は静かな花曇り

寺の門額縁めきて春比叡

鶴引いてより空模様定まらず

花冷えの午前零時の交差点

春愁や老犬の肩もみやる母

つばめ来る人事異動の始まりし

白き指そらせて都踊りかな

花冷えの黒髪匂ふ源氏の間

種蒔くや土の魔法にかかりたく

やまんばの杣道に立つ木下闇
うすものの裾にまつわる猫叱る
石の上沙羅の花落つ音のして

心太突売る店を見つけたり

青い鳥ともに住みゐる夏館

ふるさとの駅の蚊に先ず刺されけり

そののちは会ふことも絶えやぶれ傘

弔ひを見送り人散る鰯雲

角伐られ頭淋しき鹿の眼よ

黄落や土鳩の群に伝書鳩

日だまりに他家の猫ゐし小六月

烏瓜つるのもつれは解ききれず

旅に出て買ふ手袋や山の町

九官鳥にも水浴びをさせ年用意

息白く木曽路へ急ぐ我らの旅

無人駅聖歌合唱して待てり

背なに負ふ母の軽さやひょんの笛

囀りへ交互に動くねこの耳

水温む裏の木戸より迷ひ猫

根を作る音は聞こえず挿し木つく

宵山に湧いて出て来し二人連れ

優曇華を見てくださいと貼り紙し

向日葵や君のいる方見てしまふ

涼風の刀痕撫でし古き宿

朝涼に藍紺の布干しにけり

朝涼の道迷ひ犬ついてきし

昨日の厨の西瓜位置ずれし

おんぶばった離せば別の道に跳び

風船をひとつ吸ひ込み空の青

日を浴びて残菊の香のよみがへる

稲雀恋人と今食事中

蜜柑むく驚く話持ちよりて

冬の夜散歩の長い犬叱る

雲水の日課除雪も加はりて

海月うく

婚の荷のまた通りけり花曇り

鳥風の消えて鴨毛の浮き沈み

残る鴨鳥の飛ぶをみてをりし

お守りと涅槃団子を配られし

藤たれてふれゆくことのさけられず

チューリップ開きすぎるといふ愁

よくしゃべる九官鳥や春の朝

春うららおもちゃ入院治療中

ねじ花のらせん階段風のぼる

えん豆むき跳びはねたるを子が追ひぬ

あめんぼや今の話は上の空

お役所に梅課がありて収穫期

客を待つ夏座布団に猫座り

海月うく私もういて空の青

どくだみを食す虫ゐて午後三時

うどんげと知らずに通りすぎてゆき

山峡の墓を起こして洗ひけり

砂浜に記す足跡秋遍路

店頭や柿の間に猫ねむり

開けドア秋風少し入れるから

冬日和鳥籠下げてする散歩

木枯らしの回転木馬より下りず
ちゃんちゃんこ嫌ひし犬を追ひかけて
菰巻きに馴れし長老てふ手つき

初日待つ開演時間迫るごと

七福を背負ひて軽し福詣

雪水の靴にしみこみ道遠し

いん石の落ちくる怖れそぞろ寒

飛んで行く青い鳥追ふ雪の原

街を見しマネキンマフラー幾重にも

豆撒くや隣家追はれし鬼入れじ

ばら色の頬に乾杯冬館

急速に西より寒気和らげり

古時計直しに出せり冬終る

絵らふそく灯して深き春の闇

桜貝手にのせてくれし誕生日

花束を渡しそびれて卒業す

うかれ猫黙って足裏ふかせたる

春の夜のいつまで続く笑ひ声

日もすがら初音届きて家ごとに

花筵歌の出だしを忘れをり

春愁や煙草のけむり輪に吹きて

しばらくは定家葛の香の中に

夏めくや青き匂ひの草の波

日が捉ふ島影さやか青岬

蟬声の天より降りし熊野道

水たたく幼の声や浮いて来い

蜂の巣を除く相談村議会

石庭の海は荒波隠元忌

緑陰となりたる木々も憩ひをり

真昼間を鞦蔓は食虫す

日の盛り木くずを浴びる木地師かな

朝まだき猫の手中に蟬の声

吊忍ゆれて朝風見えにけり

父の背に乗りて沖へと夏の潮

夕涼のゆの字の揺らぐ湯屋のれん

刃の立たぬ南瓜と力競べかな

会ふ毎に細りゆく姉夜の秋

数条の鵜縄の先に無数の目

鵜篝や鵜の空腹のいや増せり

感謝祭

芒原いつしか友の白髪増ゆ

切り子揺るなほ暮れ残る西の空

地虫鳴く昼の余熱の残る宵

たどりつく紅葉の寺は夕日中

同じことつぶやく媼後の月

菊師いまピンクの菊をもののふに

菊人形鎧に菊の香りかな

秋の蝶猫の高さに飛んでをり

外つ国の話聞かせて雁わたし

近道に木犀こぼれ大樹かな

日暮れるもなほ取り続く白き茸

石釜にパン焼き上がり感謝祭

蔓ゆるる間にも零余子のこぼれつぐ

ひねもすを枝打つ翁森深し

蔦かずら木の葉に透けし朝かな

ケーブルに見下ろす紅葉万華鏡

瞬く間入り日に浮かぶ芒波

窓たたく風音強し毛糸編む

交替の時来るらし見張り鴨

やはらかき風の中にゐ初日の出

オーバーの端をはさみて電車閉づ

梅が香の平らに流れ散歩道

目白みる小窓に並び目白押し

木枯らしや趣味は髪型変へること

庭に飼ふ犬も炬燵に入り来し

木像の歯の欠けてをり里神楽

寒弾きやその時々の音になり

鬼は外舞妓の声の細かりし

節分会鬼の一行待たれをり

朝市や飛び交ふ声と冷たき手

明星の空へ一声寒鴉

咲きいでし姿のままに落椿

鳥影や温き空気の北上す

春一番雀合戦明日に延び

風前の灯火のあり花の夜

鶯の近づく気配窓に待つ

花の宴逆さに返す砂時計

女童も振り回しをり花の枝

桃園のくれなゐ闇に溶けにけり

耳なれぬ鳥声聞こゆ春の朝

桜貝子のポケットに少し欠け

しばらくは吾が影よぎる春の水

夕茜宴さなかの落花かな

腰重き嫗外出花の窓

春空へ一筆書きの煙かな

チューリップ隠国よりの黒き色

春日傘ホームに鳩の毛繕ひ

降るとなく梅雨空暮るるひと日かな

畦道にやうやく蛇と解りをり

莢隠元まめに働く媼かな

大西日改札口を押され出で

百合ひらく風新しき山の道

お役所に鹿課のありて袋角

薄ら日の射しこむ辺り椎落葉

大薊分けゆく先のけものの道

数多たび玻瑠戸に打ちて蟬の訪ふ

夏日負ふ水漬く小舟黙しをり

捨舟のやや動きをり朱夏の風

幼来て昼寝の猫の尾をつかむ

知らぬ間に肥えてをりけり花南瓜

白き朝

深き闇水琴窟と虫の声

西日のみ入りくる部屋や厨音

松風の部屋に時折り遠添水

鶉籠を出されれ動かず籠の前

籾山に座りて唄ふ姉妹

鳥かぶと舞楽衣装の丈長に

台風一過巨木の跡の明るすぎ

ビロードの旋律流る夕月夜

十月や鈴の音高き巫女の舞

大奥の菊を見てゐし菊人形

雪の降る場面の中の菊人形

菊人形真下の土の濡れもして

みかへりの弥陀ともみじ葉照り映えぬ

地下出口銀杏黄葉とすれ違ふ

老母のほどいてばかり毛糸編む

冬の陽のさすひとところ小さき村
ななかまどの赤き実の下猫眠り
それぞれの家に歳神水まつる

獅子頭ぬぎてすぐさま笛方に

蕪鮓うからやからの笑ひ声

オルゴール聞きゐる媼冬日ざし

冬庭に日ごと訪ひくる野鳥かな

トンネルを歩みし熊の撃たれをり

旭光や樹下に目覚めし兎跳ぶ

鬼も内追はれし鬼の集ふ寺

失ひし針見つけをり日脚のぶ

昨日けふ落葉いや増す門の辺に

古時計いまだ狂はず枯木宿

除雪車の音近づき来白き朝

コンサート楽譜をさらふ春一番

春うらら起震車に人くつがへる

ときをりは星にかこまれ鳥帰る

完全な黒などはなし黒ばら咲く

噴水や途切れる毎に子ら覗き

梅雨の水のみて美味しくなる魚も

店頭の鱧骨切りをまだ知らず

蟬時雨去年は父も聞いてゐし

朝霧の這ひゆく先の朱雀門

静止せる蜥蜴の視野の中にをり

猫風のメークしてをり踊の輪

礫像に木犀の風吹いてをり

白菊の雪の吉良邸菊人形

水芸を見せてくれをり菊人形

その人の影は地になし思ひ草

ひねもすを壁見るゴリラ鰯雲

毛をなめる音の聞こえる猫の秋

嫁ぐ日の着てゐしセーター脱がれあり

嫁ぐ日や落ち葉踏む音遠ざかる

寒煙や素わらじの僧乗車せり

猫少し日本語覚え去年今年

島唄の浜風にのり初御空

歌留多姫にほひ袋を落としをり

雪また雪杉山の黙いや増せり

雪女笑みてお歯黒すこし見え

雪見酒唄ひ始めの安来節

冬うらら海辺の部屋でカプチーノ

潮風と水仙の香の混じり来し

冬籠り翁の話聞いてゐず

鳩時計ホーホーと鳴き桜餅

吾を嗅ぎし先に帰宅の恋の猫

春愁ひ夢中の街の地図を書き
佐保姫の木の間うつろふ気配あり
花筏たがひに過去を思ひやり

春うらら河馬の花嫁来園す

風光る耳もとに草の話し声

少年より犬は年上麦青む

緑陰のホモ・サピエンス寝返りす

黴くさき町を出にけり夜の風

蓮ひらく朝のおつとめ聞こえ来し

代掻きや一番水の走り出す

夜店の灯はぐれし犬を探しをり

新涼のボーイソプラノ運ぶ風

平らかな風吹いてをり稲の花

竹林の色なき風の中にをり

居候地球の上に鳩吹いて

ウイルスが耐性を持ち神の留守

気に入りの風待ってをり秋桜

投扇で気晴らしをする菊人形

菊人形菊の中より竜立ちし

紅葉の火胸に静かな泉持ち

老猫の微睡み長し柿の樹下

海老飾る翁の髭の整ひし

空洞のしだいに埋まり去年今年

夜神楽の面の内側闇深し

あくまでも仮説にすぎず氷面鏡

著者プロフィール

森景　ともね（もりかげ　ともね）

大阪市に生まれる。

NHK・BS「俳句王国」に3回入選。伊藤園・新俳句入賞数回。

関西俳句大会入賞。

句集　風光る

2001年10月15日　初版第1刷発行

著　者　森景 ともね

発行者　瓜谷 綱延

発行所　株式会社 文芸社

〒112-0004　東京都文京区後楽2-23-12

電話　03-3814-1177（代表）

03-3814-2455（営業）

振替　00190-8-728265

印刷所　東銀座印刷出版株式会社

ISBN4-8355-2458-6 C0092